백장미의 창백

신미나 시집

문학동네시인선 221 신미나

백장미의 창백

시인의 말

옛날에
선배 시를 정말 좋아했어요

무슨 일 있었어요?

우리 여기 같이 왔었지
옛날에
그래, 옛날에

2024년 가을
신미나

차례

2부 어휘소 탑

3부 인간 이외의 괴(怪)

4부 신의 미뢰 찾기

1부

순수한 창백의 시대

백장미의 창백

절정이 지나간 백장미는
오래전 옛날을 지나온 얼굴이고

당신은 한 톨의 소금도 집어먹지 않고
싱겁게 웃었습니다

투석을 마치고 돌아와서는
무서운 꽃밭에서 풀어졌습니다

장미가 맹렬히 붉기를 거부할 때
모든 색에서 멀어져
다만 흰빛으로만 희미해질 때

속눈썹이 붉은 아이가
검은 입을 크게 벌리며 오고 있습니다
양팔을 벌리며 당신을 데리러 오고 있습니다

검은 바위 물밑에서

소년이 바위에서 뛰어내렸습니다
다리 아래로 아이들은 침을 뱉고
도축장에서 흘러나온 검은 물이
흙을 붉게 물들일 때

시고 떫은 자두를 먹으며
숙모는 콧등을 찡그리고
이제 막 콧수염이 자라는 사촌들은
삼촌을 따라 트럭을 타고 떠났습니다

나는 여기 남아 있어요
여기 남아 소년을 달랩니다
신이 흰머리를 땋으며 불렀던 노래
당신보다 더 작은 신들이
눈송이처럼 내려앉는 노래를 부르며

그리고 봅니다
손이 얼어붙은 소년을
저 소년은 나의 형제입니다
소년은 호스를 들고 주유구에 기름을 넣습니다
적은 월급을 쪼개 주일마다 헌금을 합니다

한때 소년의 눈은 빛났으나

그의 아름다움은
뺨에 닿자마자 녹아버렸습니다
신의 눈물이 휘발유처럼 화려해서
소년의 눈물은 평범해져버렸습니다

밤의 고요 속에
조용히 미쳐가는 눈보라
어둠 한가운데
나의 소년이 서 있습니다
도끼를 쥐고 서 있습니다
이 소년은 나의 형제입니다

소년은 한때
큰 물고기가 되고 싶었습니다
검고 유연한 등
아름답고 긴 손가락을 가졌지요
마을의 노인들도 기억합니다
헤엄을 잘 치는 소년
그가 얼마나 오랫동안 숨을 참고
바위 아래 있었는지

소년은 침묵에 저항하면서
유리창을 깨뜨립니다

소년에게 신을 보여주세요
그가 믿음을 증명할 수 있도록

밤의 주유소
눈보라 한가운데
나의 어린 소년이 서 있습니다
아찔하게 빛나는 유리를 밟고 서 있습니다
그 소년은 나의 형제입니다

춘니(春泥)

언 땅이 풀리던 날에
언니는 몸을 풀었습니다

달리아 같은 핏덩이를 쏟고서
다리 사이에 양푼을 끼고
미역국을 퍼먹었습니다

배냇저고리에
끼울 팔이 없습니다
말려서 태울 탯줄이 없습니다

새벽 산을 헤매다
머리카락에
도꼬마리를 묻히고 돌아온 언니야

장롱 밑에
잃어버린 귀걸이 한 짝
반짝, 실눈을 뜰 때

스콜

한국에 가게 되면 경주에 가보고 싶다고 했지요
능(陵)이나 총(塚), 분(墳), 묘(墓)
옛날 무덤을 본 적 있느냐고

천변을 걸으며 잉어와 청둥오리와 백로에 대해
이야기해주었습니다
아직 살아 있다고, 이 생물들이 서울에

료타, 형태를 믿는다면 그려볼 수도 있겠지요
우리가 나눈 이야기가 요(凹) 자 모양이라면
사각형의 빈 부분을 기억으로 채울 수 있을 거라고

그것은 료타, 당신의 어린 딸이
소중한 보물이나 되는 것처럼
주먹을 펴서 우리에게 보여준 동그란 조각

그것이 무엇인지 알지 못한 채
우리는 헤어졌지만
해변에 두고 온 것이 다시 밀려왔다고

료타, 기억을 믿나요
한 번도 형태가 겹친 적 없는 파도가
바다라는 경험을 믿듯이

깃발과 옷깃과 금목서의 향기가
방향을 증명하듯이

우리가 나눈 시간은
뜨거운 모래 속에 발을 묻고 서 있습니다

석유가 타는 바다에서
물고기가 종양을 달고 유영하는 물속에서

갑자기 어두워진 하늘 아래
백사장에 꽂힌 초

촛불이 휩니다

채석장의 손

운명이
알코올 솜으로 코와 입을 틀어막았어요
그때부터 어린 여자들이 사라졌어요

신이 공들여 조각하다 말고
고속도로 갓길에
깨뜨려버린 토르소

빛나는 파편을 주우려다
손가락을 베였죠
그게 인생인 줄 몰랐어요

눈소리 1

힘을 빼야 해 그래야 제대로 볼 수 있어
선배가 힘주어 말했습니다 술잔에 침이 튀었습니다

잔을 빙글빙글 돌리다가 밖으로 나와 리기다소나무를 보
았습니다
눈 쌓인 리기다소나무는 부드럽게 망가진 초처럼 보였습
니다

그 순간, 까치가 눈을 피해 나무 아래로 날아들었고
주변의 소리를 먹듯이 흰 불꽃이 공기와 마찰하는 소리
를 냈습니다

리기다소나무는 잎이 세 개고 잣나무는 잎이 다섯 개입
니다
세어보면 안다고 오래전에 선생이 알려주셨습니다

부조 봉투를 가져와 뒷면에 글자를 적었습니다
—영원은 무한에 반복을 더한 수(數)
—발자국을 지우는 것은 물, 빛, 눈, 모두 한 글자

장례식장을 빠져나가는 운구차를 보았습니다
눈이 많이 와서 아무것도 안 보이네, 선배가 중얼거렸습
니다

명주동

예전에 이곳은 톱밥 냄새가 나던 곳
혼수로 쓸 오동나무 장롱을 싣고 가는 이도 있었답니다

남문에서 다리를 건너면 남산이 있고
남대천을 따라가면 큰 장이 서고 가면극도 열린다는데

옛날 옷을 입으면 아신(阿信)이나, 진(珍)과 같은
새 이름을 입은 것 같고, 전생을 구경 나온 듯한데

당신은 왜 놓친 인연과 술래잡기합니까
살았다면 몇 살인가
손가락을 접으며 나이를 헤아려봅니까

물에 뜬 불빛을 건지려 발을 담그지 마세요
두 개도 되었다가 하나로 합쳐졌다가
하얀 종이 인형이 강물 위에서 놀고 있습니다

선생님 전 상서

마지막에는 이런 문장을 쓰고 싶었습니다
매화와 백자가 그려진 편지지
접시 위에 으깬 석류의 선명
흔하고 고운 것 보시고 안녕히 계세요, 선생님

선생은 살아가라 하셨습니다
살아가라고, 사랑하며, 살아가자고
그런데 왜 당신은 유리를 깨물며
웃는 표정입니까 웃으며 눈물을 비칩니까

선생은 모과나무의 꽃을 보라 하셨지요
꽃 피지 않는 모과나무의 속꽃을 보아야 한다고
그 말을 품고 싶었는데
오늘은 돌을 쥐고 추운 호숫가에 왔습니다

얼음장 위로 던진 돌멩이가 강바닥에 닿으면
열을 식힐 수 있을까요
핏발 선 눈동자 속에 열목어가 돌아다닙니다

누군가의 악몽 속을 걷는 것 같아요
검은 뱀 흰 뱀이 타래로 엉킨 머릿속
신은 눈부신 소매를 보여주지 않고
얼음장 위에 떨어진 핏방울만 보여주었습니다

핏자국을 따라가다보면
묘비도 없는 무덤가가 나옵니다
선생은 생활을 살라 하셨는데
농가의 불빛은 멀리서 빛나고
버려진 축사와
비닐하우스
눈 덮인 감자밭을 가로질러갑니다

자꾸만 뒤를 돌아보았습니다
두고 온 게 있는 사람처럼
불지르고 싶어하는 아이처럼

바람 주머니가 부풀 때

언니들은 비밀이 많고
금요일엔 주름이 많은 치마를 입었지
블라우스 리본을 매고
흔들리는 구두를 신고 뾰족하게 웃었네

나도 따라가고 싶어
금요일 밤
미러볼이 돌아가는 한여름의 공연장
드럼 치며 노래하는 가수를 보고 싶어

넌 아직 어려
더 크면 주머니를 갖게 되겠지
남자들이 등뒤에 감춘 시시한 약속을
이 말을 남긴 채 도시로 떠났네

주머니 속에는 시를 쓴 종이가 있는데
언니들을 슬프게 만드는 시가 있는데
여름휴가는 짧고
동생이 시를 써서 언니들은 기쁘다 말하고
시를 쓰면 나쁜 짓을 하다가 들킨 것 같아

언니들을 시로 써도 될까
사탕수수밭 너머로 불어오는 바람을

미래, 미래, 미래로 물결쳐오는 문장들을

언니들은 풀었던 머리카락을 하나로 묶으며
머릿수건을 두른다
식판을 들고 밥과 국을 배급받는다
에나멜 구두는 금요일에만 꺼내 신을 것

새들이 한꺼번에 수풀에서 솟구칠 때
바람 주머니는 고요히 부풀고

뭔가 시작되려는데
그게 무엇인지
아무도 내게 일러주지 않았지
아무도

귀로(歸路)

국화는 샛노란 과거를 잊어도
백 년 전에도 십 년 뒤에도
지난날은 다시 살아와 광화문 네거리에

목도장에 이름 새겨 오래 살자던
내일은 거짓되어 사라지고
옛사람은 웃는구나, 하늘 보며 웃는구나

한 올 풀린 금사(金絲)처럼 연인들은 빛나는데
이렇게 잊어도 되나요, 켤 밖에서
코피처럼 후드득 떨어지던 목숨을

어떤 날은 하고많은 서정도 미안해
손바닥에 손톱자국을 내며 돌아갑니다

2부

어휘소 탑

비유로서의 광수 아버지

광수 아버지는 국가유공자다 월남전에서 왼팔을 잃고 돌
아왔다
그의 의수를 똑바로 본 적은 없다
광수 아버지는 광수 아버지여서 광수 아버지라고 쓰지만
그것이 사실이지만
상희 아버지나 종수 아버지로 바꿔 쓸 수도 있다

그가 못 통 속의 못처럼 고개를 구부리고 걷는다는
사실을 비유로 써도 될까
추곡 수매 공판장에서 쌀가마니를 쩍을 때 그의 갈고리가
은갈치처럼 빛났다고 써도 될까

나의 비유는 도금한 훈장처럼 잠깐만 빛난다
언어의 안팎을 뒤집어 다시 쓴다
광수 아버지가 아닌 것이 되어
광수 아버지가 광수 아버지로 가닿으려고

광수 아버지는 광수 아버지고 월남전에서 왼팔을 잃고 돌
아왔다
이것은 비유가 아니라 사실이다

초과하는 시

이 시는 한 점에서
도약한다

하늘 높이
높이
공을 던져서
언제까지나
언제까지나
아래로
아래
로
떨어지는

한 움큼의 진주를
계단 아래로
뿌려서
토, 독
토드드드득
굴리고 타고 넘고 튕기고
정지된 것과
움직이는 것
저항과 율동, 정지와 이탈 사이

두 점을 찍고
선분의 양쪽을 잡아 늘여
끝까지 희망하려는
집요한 운동
양쪽으로
한없이 길어지는
코가 긴
화살표

기체의 시
스며들어
형질을 바꾸는 언어
부피는 늘고 무게는 변함없는
정신의 형식으로
전진하는

닿는다
가닿는다
비정형의 점선
창이 되어 사선으로 꽂힌다
원이 되는 빗물

곧은 선이

굽은 선을 만나
반직선이 되고
한 점에서 만나는
만화경 속
눈의
결정체
이윽고
망막에 맺히는
태양의
고리

탁류

닮았다
맵고 뜨거운 탕을 먹는
사촌과 이모부의 제비초리
빗줄기는 창을 때리고
헤이룽장성 간판에 불 들어오면
베옷 입은 할머니 가만히 내려와

쌍가마에서 돌돌 맴도는 소용돌이
물보라가 치는구나
헤이룽강, 헤이룽강
눈이 찬비 되어 흐르는 곳에

비녀로 쪽 진 머리가 통마늘보다 작던
할머니의 이녀 김순분과
삼녀 김옥분
어릴 적 만주로 떠났다는 나어린 이모 둘

소금을 혀로 찍어 먹으며
만두소를 채우듯 살림을 하다가
뿔난 감자처럼 사랑을 했나
홍화나 송월과 같은 이름이 되어
북으로, 북으로
언 강을 건너는 친척들

불귀(不歸), 불귀, 귓속을 구르는 서리 맞은 백골들

내 어머니의 섬망이
조등에 지지직 불을 켠다
탕은 식어 고추기름이 뜨는데 당신은
과거와 노느라 지금을 잊으시고

내 어머니 어디 있나?
보랏빛 입술로 물장구치던 도림천에
옥수숫대 볼을 스치는 장평의 너른 밭에

벌건 얼굴로 뒷목을 훔치는
사촌의 쌍가마 속으로
후루룩 빨려들어간다 할머니의 투명한 옷고름

탕후루를 탕후루라고 말할 때

조선족 가이드 마국화씨가 말했습니다
이것은 북경의 간식입니다
대나무 꼬치에 산사 열매를 꿰어 설탕을 입히고 굳힌 것

탕, 숨을 활짝 뱉고
후, 바람을 불고
루, 입천장을 혀로 가볍게 찍으면
무너지는 유리의 아젤
설탕의 꼭짓점이 어금니 위에서 샤즈샤시
탕후루, 탕후루, 빙 탕 후 루
지나치게 다디단 사탕의 발음은
귀엽고 아기자기하군요

제 할아버지가 경상도 사람입니다
고향은 길림성이지만 경상도 사투리 씁니다
햅쌀, 좁쌀, 찹쌀, 맵쌀
찹쌀은 찰벼
맵쌀은 메밀
한국말, 잘하지요?

우리는 말의 후손
유전됩니다
베이징 카오야, 징장러우쓰

점심에 북경요리를 먹으러 갑시다   —

천단공원 측백나무는
커다란 붓 같고
홀
홀
홀
끝이 뾰족하게 자랐습니다
나무의 입 모양이라는 듯
최초의
발음이라는 듯

개화기(開花期)

옛날 옷을 입고 오사카성에 갔지요
귀문을 지키는 돌은 사람의 얼굴을 닮은 돌
귀도 없고 코도 없이 문드러진 돌

어쩐지 오늘 같은 오래된 어느 날에
한 번은 이곳에 온 것만 같아서

붉게, 붉게, 달려가다 일제히 핏기 가신 꽃
무서워, 무서워, 몸이 떨려오는데

앞서가는 사람은 위만 보고 걷습니다
물집 터진 뒤꿈치에 얼룩진 줄 모르고

사쿠라가 하라하라
사쿠라가 치라치라*
화첩 속에서
사람의 목을 베며 장수가 웃습니다

사쿠라가 하라하라
사쿠라가 치라치라
제 머리로 종을 치며 까마귀가 웁니다

벚꽃 그늘 아래는 그림자도 환하여

긴 칼날에 목덜미를 갖다대는 봄이여 —

---

* サクラが はらはら// サクラが ちらちら
벚꽃이 팔랑팔랑// 벚꽃이 깜빡깜빡

—

핍박받은 문장과 히스테리아

나의 순진하고 어린 신이
죽은 사람들의 이마에 장미수를 뿌린다
흐르는 눈물은 닦지 않은 채
고통의 마음에 들고 싶어서

앞자락에 느끼한 문장을 다 묻혔구나
더 가혹하고 개성적인 십자가를 가져오렴
자, 이제 손바닥을 내밀어라
아프지 않게 자라는 건 속눈썹뿐이란다

어느 날, 죽음이

해골이 들어왔지, 창문으로
커튼의 주름도 기다란 손가락도 아니었어

방문을 벌컥 열면
흔들리는 샹들리에, 은촛대와 식기, 도망치는 투명한 발
목들
이봐요!
예쁘장한 비유를 말하는 게 아니에요

그는 오페라의 지휘자, 밤바다를 요요히 날며
나를 희롱했지, 귓속말로
아끼는 걸 잘도 숨겨두는구나
오늘밤, 네가 가장 사랑하는 걸 가져갈 거야

죽음은 어디에서 오는가 수은이 끓는 귀를 건너서, 촛농
이 흘러내린
밝은 산을 밟으며 온다네
죽음은 어떻게 오는가 무용수처럼 뒤꿈치를 들고 온다네
달빛이 앙상한 관절을 다 드러내도록
죽음은 어디까지 오는가 광기로 빛나는 광맥, 수정이 쨍
강 솟을 때
서서히 붕괴하는
물과 불이 다투며 섞이듯이, 사랑을 폭로하며 온다네

—   밤이 `새벽 앞에서 물러나듯이
     황혼과 미명을 포개면서 온다네 번지면서 슬쩍 바꿔치기
한다네

     붙잡아!
     흩어지는 단어를
     도망쳐!
     정돈되려는 말로부터
     단어를 쥐고, 한 번에 올라타

     죽음을 경험했니?
     몸속의 실핏줄 하나가
     기타의 현처럼 징, 울리는 것을
     나는 통과했어
     정확히 느꼈지
     의미를 버리고 감각을 믿는다면

     이게 다 무슨 소용이란 말인가
     벼락 맞은 향나무
     오, 하고 벌린 옹이 속으로
     한꺼번에 시간을 넣고 회반죽을 처바른다면

     죽음은 서두르지 않네

—

삶의 겨드랑이에 손을 끼우지
꼼짝없이 그림자와 일치하는 것
빛이 아니라면 누가 그림자를 벨 수 있겠어?

낡은 휘장처럼 눈꺼풀이 천천히 내려오리니
끝없이, 끝없이, 끝없이
두개골을 감으며 타오르는 장미 가시

이봐요, 은유를 말하는 게 아니에요
당신이 이겼어요

언어로는 부족했어요
한달음에 달려가기까지는
눈물은 그만합시다

실패한 비유를 비웃으며
송전탑과 전선을
원숭이처럼 타넘는 해골의 웃음소리

정원과 붉은 원숭이 낭독회 1

꼬리를 물음표처럼 들고
새빨간 원숭이가 물었다 왜?
거만한 심판관처럼 턱을 들고 물었다 왜?

풀을 뽑듯 시시하게
원숭이가 가지런히 빗은 문장을 흩뜨려놓았다
단어를 쏙 뽑아냈다 수수깡처럼 부러뜨렸다

정원, 잘라낸, 참혹, 가지, 없습니다
싫어, 흙, 이어서, 문, 있었는데, 열매, 주사위
원숭이가 굴러다니는 자음과 모음으로 저글링했다

관객들은 서로 눈치만 보다가
붉은 원숭이가 재주를 부리면 큰 소리로 웃었다
웃겨요
생각보다 웃겨요
따라 웃었다

원숭이는 나를 잘못 이해했다고
몰랐다고 미안하다고 말했다
나는 깨끗한 손으로 마이크 앞에 다시 앉았다
허리를 세우고

다시 시집을 펼쳐 든다
순종하듯 낭독하면서
죽지 않을 만큼 원숭이의 따귀를 때리는 상상을 한다
붉은 것이 귀까지 몰려왔다
빨간 것을 뒤집어쓴 채 시를 읽었다

원숭이가 박수를 유도했고
자리에서 일어서는 사람들의 뒤꿈치에
붉은 얼룩이 번지는 것을 보았다

힘내요 괜찮아요 또 만나요
오늘밤 낭독회가 끝나면
우리가 주고받은 게 무엇이었는지
다정했던 당신들도 잊게 될 거야
그것참 다행입니다

정원과 붉은 원숭이 낭독회 2

온통 흰색으로 칠한 무대
가운데
흰 의자를 두었습니다

이것이 내 진심입니다
표는 나지 않습니다만
잘 보이지 않습니까?

보이지 않는 건
없는 것이나 마찬가지야
원숭이가 빨간 사과를 씹으며 말했습니다

멀리서 보면
흰 벽이 사과를
조금씩 갉아먹는 것 같았습니다

원숭이는 손바닥 위에
툽, 씨앗을 뱉었습니다

보이지 않는 걸 어떻게 보여줄래?
원숭이가 물었습니다

실재로 의자에 앉은 것처럼

다리를 ㄱ자로 구부리고 등을 곧게 폈습니다

의자가 없다는 사실을
보여주는 게
의자를 보여주는 방법이라고?

원숭이는 관자놀이를 꾹 누르며
심드렁하게 대꾸했습니다
그건 너무 쉽지 않니?

의자라는 낱말은 견고해
의 자의 ㅡ는 밑받침
ㅣ가 지팡이처럼 지지하면 ㅈ이 다리가 되어 균형을 이
루고

원숭이는 알 바 아니라는 듯
새끼손가락으로 귀를 후볐습니다

원숭이가 일어나 의자의 ㅈ을 발로 툭 찼더니
의자가 *의자가* 되었습니다

이렇게 쉽게 망가지다니!
원숭이는 어깨를 으쓱하더니 무대 밖으로 나갔습니다

다리를 ㄱ자로 구부리고
다시 허리를 꼿꼿이 펴고 자세를 유지했습니다

원숭이가 가버렸는데도
어딘가에서 원숭이가 지켜보는 것 같았습니다

어떤 믿음은
스스로 벌받는 기분이 들게 합니다

원숭이가 뱉은
사과 씨앗이
의심을 품고 붉게 두근거렸습니다

쏙 쏙 쏙 쏙
붉은 것이 자꾸만 튀어나오고
사과에 원숭이의 잇자국이 남았습니다

커튼콜

그가 웃기려 할 때 사람들은 웃지 않았고
그가 진지할 때 사람들은 웃었습니다

웃긴다와 우습다는 말 사이에서
모자 밖으로 미리 나와버린 비둘기처럼 어리둥절하게
고맙다는 말보다 미안하다는 말을 자주 듣는 사람

단지 키가 작아서 사람들을 올려다봤는데
누군가는 비굴한 눈빛을 읽었고
누군가는 도와주고 싶어했습니다

그의 역할은 진짜 연기자가 나오기 전에 사람들을 웃기
는 것
무대의 중앙에서 비켜선 작은 사람
그는 왕처럼 과장된 몸짓으로 으스댔지만
그 모습이 그를 종처럼 보이게 만들었습니다

혼자서 걷어차이고, 넘어지고
뺨을 때리면서 땀을 흘렸습니다
최선을 다할수록 박수 소리가 작아졌습니다

사람들은 어떻게 웃습니까
그는 웃을 때도 눈물나게 웃습니다

나로 하여금 이상한 고백을 받은 기분이 들게 합니다

인간이 원숭이 흉내를 낸다는 것이
원숭이 흉내내는 인간을
다른 인간이 보고 웃는다는 것이

이 꽃은 원래 당신에게 주려던 것이 아닙니다
나는 지금 당신에게 꽃을 주고 싶습니다
꽃을 주고 싶어서
원래부터 붉었을지 모를 그의 낯빛을
수줍음으로 고쳐 읽으려고 합니다

조금 전까지
꽃을 주고 싶었던 감정이 낯설어집니다
물끄러미 빠져나갑니다

이 꽃은 원래 당신에게 주려던 것이 아닙니다

사람들은 자신의 실수를 연기하지 못하는 사람을
아마추어라고 부릅니다

화부산(花浮山), 아기자기 오컬트

손톱만한 아가들이 통통한 엉덩이를 내놓고
손잡고 발 구르며 동동 춤춘다

맨발에 그림자가 붙지 않으니
어쩌면 저들은 귀여운 귀신인지도 몰라

그 무슨 배꼽같이 우스운 이야기가 있어서
무덤가 방울꽃을 흔드는 은총이 있어서

흰 돌 위에서 걀걀걀 웃으며 간지럼 타다가
상추 싹 위에서 삐쭉삐쭉 울 듯한데

올라가는 발자국은 찍혔는데
내려오는 발자국은 지워진 길
여자가 빈 수레를 끌며 산을 오른다

3부

인간 이외의 괴(怪)

두 번 본 영화

정육점 쇠갈고리에 붙은
분홍 한 점

살점인 줄 알았는데
벚꽃잎 한 장

혁수는 기담이라 말하고 문채는 서정이라 말한다

머리카락 뭉치가 백사장에 박혀 있습니다 이것을 해변의
속눈썹이라 한다면, 서정이 되겠습니까? 누군가 머리카
락을
묻었다고 한다면, 기담이 되겠습니까? 밤은 푸르고 달은
또렷해
코를 들고 은파, 라파, 도 파라 파, 나는 높아지려는데 발
자국이
꺼뜨립니다 물새 발자국을, 조개껍데기의 순결한 빛을 지
웁니다

횟집 주인의 장화에 붙은 비늘이 천사의 눈곱처럼 반짝
입니다
천사의 눈곱이라니, 세상은 신비롭고 귀엽고 웃긴 비유
같군요
너무 잦은 감탄이 아름다움을 추하게 만듭니까 인간의 말
을 버리면
부끄럽지 않겠습니까? 숭어의 부레와 성게의 가시로 말
한다면
거기서 혼자 뭐 해? 같이 바위에 올라가자 방패연잎성게
의 패각을 주우면서
라라라 서정으로 넘어가자, 오늘밤은 그래도 돼

방죽 위

큰북에 갇힌 줄 알았는데
신의 뱃속이었다
꾸역꾸역 게워졌다
위장 밖으로
살아서
내가 먹었던 동물들과 함께
한꺼번에 쏟아졌다

하필이면 동물로
다시 태어나
천진하고 어린 신이
회초리로 궁둥이를 찰싹 때려가며
무리를 천국으로 몬다
사람의 마음을 벗고
걸어가는 가축의 행렬

낭떠러지 앞에서
차례로 떨어진다
양과 소와 닭과 돼지가
한 마리
두 마리
세 마리
둘 하나 셋

낭떠러지 아래
식도로 이어진 무저갱

이런 것이 순환이라니
비리고 환한
천국의 내장이라니

꼬리

나는 반복해서 태어났지
물음표로, 느낌표로

나는 도살하는 손으로
식탁의 풍요를 위해 기도하는 자

나는 신의 젖꼭지를 빨면서
은총을 더 달라고 구걸하는 자

나는 가축의 살을 굽고 튀기면서
혀로 기름진 입술을 핥는 자

꼬리가 다시 생겼지
지퍼처럼 이어진 등뼈를 타고

꼬리는 묻는다 아름답니?
나팔꽃 넝쿨이
다른 식물의 줄기를 휘감아오르는 것이?

이상하지 않니?
가시와 뼈를 구분해 부르는 게
먹을 수 있는 것과 없는 것으로 나뉜 세계가

꼬리는 머리부터 척추까지
살점을 들어내고 싶어하지
뼈만 남기고 죄다 발라내고 싶어하지

어떤 영혼은 잘 닦은 구두를 신고
사랑받는 척하다가
집에 돌아오면
홀로 작은 돌을 만지작거린다

어떤 이는 행렬의 맨 마지막에서
차례를 기다린다
식판을 내밀며 기쁨을 근근이 배급받는다
그의 머릿속에 번개가 금맥을 뻗는데도

나는 다시 태어났지
용기 있게 진실을 말하고 친구를 잃기 위해

약한 새끼를 버리고
날아가는
기러기의 노래가
아름답다고 쓰지 않기 위해

댐 옆의 붉은 다리를 건너자

불탄 집에서 노는
벤지와 구로와 메리야
너희는 발이 네 개 꼬리가 하나

산이 울면 천지가 뒤집힌다는데
낮에는 달이 뜨고 밤에는 태양이 뜬다는데

나는 왜 사람으로 태어나서
사람을 벗고 달리고 싶나
처음 보는 짐승이 되어 달리고 싶나

소고를 치며 다리를 건너자 북을 타고 세상을 건너자
회오리를 타고 뜬다 천 개의 갓을 쓰고 지붕이 솟는다

뱀이 긴다 수은이 끓듯이 之乙之乙 하늘을 긴다
항아리가 터진다 불가마 속 청동 불상이 웃는다

꼬리로 촬촬 파도를 때리면서 갈기로 훨훨 불티를 날리며
한입에 철쭉을 빨아들이고 덩굴손을 허리에 칭칭 감고

땅이 쑥 꺼졌다 벼랑이 고꾸라져도
뒤돌아보지 마 멀리멀리 도망쳐

목에 방울을 달아주려는
사람들을 조심해

다리 아래 사람들
웃는 낯으로 너를 부른다
칼을 씻으며 너를 부른다

풀

찾았냐고 물었다

클로버는 잎이 세 장
드물게 네 장
초록의 이랑이 팬다
반복의 물결, 물결, 물결

토끼는 풀을 먹고
씨앗처럼 새까만 똥을 누고
줄기를 꺾으면
흰 즙이 나오는 풀을 먹는다

이것 봐
모자 안에 토끼가 있어
모두가 그 토끼를 좋아해
털은 잿빛 줄무늬

하나만 길게 잡아당기는
신의 놀이
토끼는 귀가 크고
코끼리는 코가 길다고
말하려다
코끼!라고 했는데

지구 바깥에
귀도 크고
코도 긴
진짜 코끼가 있을지도 몰라

토끼가
풀을 씹다 말고
갑자기 뒷발을 구른다

토끼는 위험하면
뒷발을 구른다는데

코끼, 코끼, 코끼래!
우리 중 누구도
웃음을 멈추지 않았다

나의 음산하고 야성적인

나의 음산하고 야성적인 당신은 오래 보는 사람이었지
계단 위에서 계단 아래를

거기 뭐가 있어요?
아무것도 아니야, 들어가 자라
한꺼번에 살아버리려는 듯이 긴 한숨을 쉬었지

죽어버려야겠다
너도 죽을 거야
그 말을 하고는 당나귀처럼 이상하게 웃었네

나의 음산하고 야성적인 당신은 알 수 없는 사람
새끼를 낳자마자 물어 죽인 개를 이해했지

너는 네 아비를 닮아 눈물이 헤프구나
눈물이 흐르기 전에 뺨을 쳐라
남들이 네 속을 뒤적거리기 전에 네가 먼저 끝내

나의 음산하고 야성적인 당신은
동물처럼 울었고 식물처럼 사랑했네

고개를 돌리지 않고 닭을 잡았지만
따뜻한 음식을 내올 때는 악기를 다루듯 했어

지휘자가 지휘봉을 들 때처럼
냄비 뚜껑을 가볍게 들어올렸지

자, 야생의 시간이다
열 손가락에 기름을 묻히고 살코기를 발라주었지
포크를 쓰지 않고 힘줄을 끊었지

밤색으로 그을린 발등
손등에 돋은 검버섯이 흙의 것이라고 어느 시인이 노래
했지?
오직 당신의 것, 당신 자신이 된, 당신의 몸을

나의 음산하고 야성적인 당신은
여덟 번 아이를 낳았고 피를 몇 되나 쏟았지
뙤약볕을 욕하면서 쇠뜨기를 쥐어뜯었지
그녀는 자갈밭으로 갔고
내가 꾸민 화원에 순순히 들어오지 않았어

나의 음산하고 야성적인 당신은
곡주를 맛보고 소매로 입가를 훔쳤지
찡그리듯 웃었지만 비웃는 게 아니야

어느 날, 나를 불러 무릎에 앉히고는

손을 펴봐라
바늘에 실을 길게 꿰어
손바닥 위에 늘어뜨렸지
피돌기를 따라 바늘이 점괘를 낸단다
왔다갔다
호를 그리며

너는 딸 하나에
아들 둘
자식 셋을 낳을 거야

틀렸어요, 어머니
집에는 고양이 두 마리뿐인걸요

나의 음산하고 야성적인 당신은
찡그리듯 웃었지만 화난 게 아냐
옥(玉)이나 자(子), 순(順) 자가 들어간 이름은 흔했지만
당신처럼 웃는 사람은 혼자였지

나의 음산하고 야성적인 당신은
자벌레처럼 몸을 늘여서
허리를 반으로 접고
또 접고

한 줄씩
들어간다
나의 시 속으로

그리고
계속 계단

돼지와 나

돼지와 나는 해변에 앉았다
어깨동무하고
수평선을 보며
사냥의 재미를 모르는 종으로
다시 태어나자고

백사장이 하얗게 마른다
홍조단괴
서빈백사
돼지에게
인간의 말을 들려주었다

홍조단괴
서빈백사
들려주었다
돼지에게
인간에게만 어여쁜 말을

한낮의 해가
엑스레이를 통과하고 있었다
구름 속에 신의 갈비뼈가
밝게 드러났다

굴

눈물이 고인 눈 같구나
물끄러미 고인 참혹이

이제 잘 울지 않는데
마음만 먹으면
울다가도 뚝 그칠 수 있는데

이제 그만
마음을 굳게 먹으라고 말한다

그는 사람 좋은 사람
좋은 곳에 나를 데려온 사람

굴은 여러 번 성별을 바꾼다는데
너는 옛날이나 지금이나 여전하구나

너는 나를 과거에 혼자 두고
나는 눈앞의 너를 외롭게 만드네

살아 있을 때 먹어봐
눈 감고 딱 한 점만

뿔

당신 누구세요
나는 모르는 사람인데

난생처음
뿔소라를 보고
자꾸만 제 입으로 가져가려는
아기처럼

그래요, 아가
이 소라로
무슨 노래를 들려줄까요?

등에 산호가 돋고
앵무새의 부리처럼 코가 구부러지고
잇몸에서 암모나이트가 돋는
낯선 종(種)의 노래를?

내 엄마는
이미 변이되었다
네발로 기며 침을 흘린다
눈앞에 있어도
머나먼 엄마

주택가

옥인동에 사는 유미는 멕시코산 아보카도를 먹었고
에티오피아산 커피를 마셨습니다

또다른 유미는 센코지산이 보이는 곳에서 혼자 삽니다
이따금 머릿속에 경전철이 지나갑니다
전철이 다니지 않아도 진동을 느낄 때가 있습니다

쌀과 콩, 옥수수, 보리와 귀리
계피는 피를 잘 돌게 하고, 속을 따뜻하게 해준대
채소를 많이 먹고, 따뜻한 물 마셔
저는 이제 이런 말을 믿고 살기로 했어요

유미는 장례차를 보면 엄지를 감춥니다
엄지를 감추지 않으면 부모가 갑자기 죽게 된다고
일본의 미신입니다 여기는 한국이고요
유미의 부모님은 작년에 돌아가셨습니다

바람도 없이 풍령이 울립니다
일본의 유미가 고궁박물관의 백송을 올려다봅니다
한국의 유미가 히로시마에서 굴튀김을 먹고 레몬 맥주를
마십니다
왜인지 저 둘은 한 사람으로 보입니다

북에서 온 사람

내가 아는 그 사람은
한때 신부가 되길 원했으나
배기구에서 까만 연기가 나오는
트럭을 타고 떠났다
조선소에서 일하기 위해

그는 맥주를 마시고
조금 취한 채 부둣가로 나가서
검은 바다에 빨려들듯이 쏟아지는
눈송이를 보고 돌아온다

일요일에는
옷장에서 좋은 옷을 꺼내 입고
성당으로 향하는 사람들이 있고
몇 명은 성모상 앞에서 손을 모은다

그가 작업복 주머니에 손을 찌르고
성당 앞을 지나갈 때
아베마리아
아베마리아
성모는 사람들이 흘린 눈물방울로
진주를 꿰느라 그를 보지 못했다

그는 불가에서 담배를 나눠 피우다가
새벽 야적장으로 떠난다
맥주를 마시고
조금 취한 채
테트라포드 안에서 울리는 소리를 듣는다
불귀, 불귀, 불귀, 파도치는
섬망과 미혹 사이에서
그는 하마터면
자기 자신을 넘어갈 뻔했다

스토브 안에서 무연탄 더미가
조용히 스러질 때
그는 부드러운 재를
얼굴 위에 뿌리고
더러워진 몸을 머리끝까지 욕조에 담근다
숨을 참고 열을 세다가
마침내 뱉을 때
현실은 간신히 그를 따라왔다

그는 눈을 뭉쳐
눈사람을 만들어 물에 넣는다
순식간에
눈사람이 사라지는 모양을 본다

— 기분이 아니라
　감정이 아니라
　어떤
　상태에서 풀려나는 것을

—

4부
신의 미뢰 찾기

백탁(白濁)

한 톨의
히말라야 소금이 입안에서 녹듯이
천천히 자신을 느껴

깊이 아파본 신의 허파가
하얗게 말라가는
산 위에서

에코

여기 불이 지나갔다고
은과 구리를 녹이는 불기둥이

표면을 만지면
화상을 입은 돌의 피부가 느껴집니다

굴, 하고 말하면
구우우우—ㄹ 음운이 사라지는
신의 성대 속으로 들어온 것 같습니다

그는 고백했습니다
가장 나다운 목소리를 찾기 위해
평생 자신의 그림자를 미행했노라고

어둠 속에서
불안을 심지처럼 세우느라
나는 슬픈 사람이 되었어요

무너져내리는 촛농을 쌓느라
과거를 다 썼습니다
아직 끝난 게 아니라고 말하고 싶어서

보세요, 빛의 퇴적물을

불의 찬란이 촛농을 만드는 걸요
동굴 밖에는 종려나무가 흔들리고 청귤이 익는데

그는 내 손을 끌어당겨 만져보라 했습니다
참회하는 자의 젖은 얼굴을
자신의 내부를 명예롭게 할퀸 자국을

그를 두고 밖으로 나왔습니다
폭양이 그림자를
가혹하게 만드는 걸 알면서도

종려나무가 흔들리고 청귤이 익는다니
종려나무가 흔들리고 청귤이 익는다니

혼잣말을 하면서
동굴의 입구를 보았습니다

화이트아웃

조용했지
차갑게 식어버린
내 고양이

너를 안고
백 살
이백 살 속으로
걸어가는 밤

귓속에
무개화차가 지나간다

갱목을 하나씩 빼버린다
삶이 돌아오지 못하도록

음악을 위해 1

교수가 눈을 감았다
자기 안으로
어지럽게 빨려들어갈 듯이
탁자 모서리에 손을 얹었다
"정신의 발전은 돌출이며
자기분리인 동시에 자기복귀이다"
첫 수업에서 그가 판서한 문장인데
아무도 받아 적지 않았다

강의실 뒷문으로 빠져나와
본관 뒤편의 작은 오솔길을 따라 걸었다
솔방울인가, 하고 보니
길쭉한 잣나무 열매였다
나는 경험과 감각으로 이 열매를 구분할 수 있다
음악당 쪽에서 악기를 켜는 소리가
낮게 들려왔다

교수는 퇴임을 앞두고 있었고
나는 그의 강의를 사랑했다
그는 이 소도시를 떠날 것이다
그를 잘 볼 수 있도록
적당한 벤치를 골라 앉았다
강의실 밖에서 강의실 안의 교수를 보았다

그의 사적인 경험과
실수에 대해서 들은 적은 없지만

그가 떠난다는
사실을 믿으면 알게 된다
시간이 구체적으로 낯설어지고
그 순간이 얼마나
더디게 흘러가길 바라는지
콧등을 내려다보며
시간이 물처럼 빠져나가는 것을 보았다

그에게 연락하지 않을 것이다
시간이 모든 질문의 답이 된다면
그것뿐이라면

폭우 속으로

사람들은 요르단으로 가는 기차를 탈 준비를 하지
해안에서 해안으로 가면서 승객들을 태우지
믿음이 바로 열쇠야, 문을 열고 그들을 태워*

태풍의 아이는 맑은 아이 겉과 속이 같은 아이
오른눈에 지혜를, 왼눈에 진리를 깨달은 대천사

태풍의 아이는 태풍의 눈 속에 있다고 들었습니다
폭우 속은 캄캄해서 한 치 앞도 볼 수 없었습니다

아이를 만나려면 폭우 속으로 들어가야 하는데
절대 불을 꺼뜨리면 안 된다고 했습니다

태풍의 아이는 믿음의 모양인가요?
보이지 않는 것을 보아야 볼 수 있다니
태풍의 아이를 본 예언자는 아무도 없습니다

천둥이 주먹을 내리치고 파도가 노호하며 일어섰습니다
십자가가 꺾이고 송전탑이 회오리를 타고 날아가고
전선이 핑핑 끊어져 토막 난 뱀처럼 덜렁거렸습니다

눈을 떠도 눈을 감은 것 같았습니다
사람들은 한 발씩 딛는다는 감각을 믿어야 했습니다

발을 디딜 때마다 딱 한 걸음만큼 솟는 낭떠러지
누군가는 그것을 희망이라 불렀습니다

* The Impressions의 〈People Get Ready〉(Curtis Mayfield, 1965)
가사 일부.

순수주의자

사람들이 말했습니다
걸인에게 마지막 동전을 내줄 수 있는
성자가 나타났다고

누군가는 손가락질했습니다
가면 뒤에 숨은 뱀의 혀를 보지 못했냐고
뱀의 혀로 미량의 독을 속여 파는 것뿐이라고

사람들은 저마다 가진 저울로
영혼의 무게를 재보고 싶어했습니다

그 영혼이 납으로 세운 십자가처럼 무겁더라
짚으로 엮은 십자가를 지고 무거운 시늉만 하더라

겉과 속이 같다는 건 천국의 마음입니까?
지옥에 가까운 믿음입니까?
믿고 싶은 대로 사람들은 저마다 신을 빚었습니다

성자는 사람들을 피해 동굴로 들어가버렸고
사람들은 자신이 만든 신을
인정받고 싶어서 다시 성자를 찾았습니다

동그랗게 둘러앉아 모닥불을 피우며

입을 모아 성자를 찬양했습니다

따뜻한 불빛이 동굴의 안쪽을 비췄지만
그림자만 일렁일 뿐 기척이 없었습니다

나와라! 나와라!
사람들이 손뼉 치며 목소리를 높였습니다
모닥불을 피우던 나뭇가지로 횃불을 만들었습니다
나와라! 나오라니까!
화가 나서 동굴 안으로 불을 던졌습니다

연기 속에서 성자가 동굴 밖으로 나왔을 때
사람들이 말했습니다

돌아왔다!
그가 고난을 이겨내고 살아서 돌아왔다고

인면조의 자부심에 답함

한 잎의 풀이
한 줄의 파도가 되어
풀잎풀잎풀잎풀잎풀잎
물결쳐오면

줄기를 자르면 하얀 진액이 나오고
쓴 풀을 먹기 좋아하는
초식동물이 되어
인간을 벗기로 한다

산양이 백조를 보듯이
여우가 오로라를 보듯이
인간 이외의 눈으로
앞발을 들고
오로지 자연의 말에 귀를 열어라

지금 나의 감각은 고원의 큰 바위처럼 확실하다
산딸기의 신맛처럼 생기롭다
내가 먼 하늘에 대고
사람의 말을 흉내내면

이쪽에서 저쪽 산까지
이상한 메아리가 울려

작은 소리에도 놀란 사람들이 버섯처럼 숨는다 —

음악을 위해 2

접시 위에
잘 깎아둔 배를 먹듯이
그는 시간을 조금씩 아껴 먹었지
냅킨으로 입가를 닦고
식탁 아래 의자를 넣는 것조차 힘에 부쳤지

신이여, 보세요 그가 삶을 바라지 않고
얼마나
작아졌는지
시간에 아부하지 않고
순수한 기쁨의 둘레에서 맑아지는지

이제 그는 안다
손가락을
구부릴 힘조차 남아 있지 않음을
요양원 천장의 석고보드를 보며

귓속에서
수천 마리의 나방이
날개를 부딪치는 소리

사르미 바믜 녀다가 함(函)을 보고*

하늘에서 불타는 가마가 내려온다 검은 상자를 열면
검은 옻칠을 한 목각 인형 빨간 꽃무릇 붙인 속눈썹

어제 너는 이상한 꿈을 꾸었는데 볼에 찍힌 붉은 점처럼
불길하고 싱싱한 예감이 이제 막 태어나려는 걸 보았는데
아무에게도 말하지 않았지

귀귀 우는 버드나무는 오직 사람이 아닌 것에만
그림자가 없는 것에만 젖은 뿌리를 감고

실로 매달아놓은 목각 인형이 핑그르르 돌면
 무서워라, 허공에 들린 저 많은 손이 한꺼번에 툭 떨어지
다니

* 사람이 밤에 가다가 함(函)을 보고.

희로

자개로 만든 거북이를 주웠다
낮에는 볕에 비추며 놀았다
집안에 들여서는 안 되는 가물이었다

거북이에게 희로라 이름 붙였다
등에서 요사스러운 광채가 뿜어져나왔다

눈꺼풀이 늘어져 눈동자를 덮었으므로
희로의 눈동자를 볼 수 없었다

목마르지 않아요? 등을 적셔줄까요?
뜨거운 모래에 발을 담가볼래요?
그는 나의 집요한 선의를 성가셔했다

등갑은 하늘을 복갑은 땅을 받친 채
희로는 무언가를 간신히 지탱하는 듯 보였다

아랫배가 스친 자리에 이끼가 촉촉하게 부풀고
향기로운 버섯이 경배하듯 자라는 걸 보면
희귀한 것을 눈꺼풀 아래 숨겼는지도

눈을 떠봐요, 희로 그 눈동자를 내게 보여줘요
눈동자에 새겨진 시를 읽고 싶어요

떨리는 손으로 눈꺼풀을 들어올렸다

처음부터 말했지
나는 네 집에 들여서는 안 되는 가물이라고
망막에 살얼음이 깔리기 시작했다
그때 알았다 내가 주운 게 거북이가 아니라는 걸

꼭두전

내가 설명한 것은 무엇인가
이것은 괴로움이다
이것은 괴로움의 원인이다
이것은 괴로움의 소멸이다
이것은 괴로움의 소멸에 이르는 방법이다*

제1악장 꼭두를 만나 다리를 건너다

아버지를 업고
저 다리를 건너가야 하는데

당신은 갓난애가 되어 울다가
소금 자루가 되었다가
장정이 되어 발이 땅에 지익 끌린다

무거워요, 아버지
이제 그만 내려놓고 싶어요

주머니에서 팥이 줄줄 샌다

등뒤에서
팔다리로 몸을 옥죄는데
눈앞에서

네발 달린 무엇이 나를 가로막고 섰다

너는 노새도 나귀도 말도 아니요
신의 탈을 쓴 허깨비도 아니라
하나인가 했더니 둘이고
둘인가 했더니 여럿이라

나는 꼭두야
지금부터 너는
눈 가리고
춥고
덥고
신기로운
세상을 지나가야 한단다
버선코에
방울을 꿰어놓을 테니
그 소리를 듣고 따라오렴

제2악장 희래등(喜來燈)을 발등에 세우고 중음으로 떠돌다

꼭두는 쑥대강이 꼭두, 이마에 봉황의 볏이 뾰족 솟았다

— 　발은 네 개, 연지곤지 빨간 점 찍고 호박색 눈동자를 빛
낸다
　풀 빗자루로 도롱이를 걸치고 시시딱딱 웃는다
　앙금 절편에 팥만 골라내고 방구부채 쥐여주면 뚝 부러
뜨리고
　희희희 웃는다 배배 수염을 꼬며, 열두 갈래 머리를 땋
으며

　어디로 가니?
　발밑에 바늘산이 쳉강 솟는데
　얼마나 남았니?
　벼랑 아래 탁류와 청파가 사납게 다투는데
　이제 다 왔니?
　바늘귀를 빠져나와 흐느끼는 소리
　신의 시험이냐 귀신의 희롱이냐

　나를 꽉 잡으렴
　이제부터 우리는 신의 가르마를 타고 간다
　흔들 콧노래 넋가위**
　사람의 귀만 모인 무덤 지나
　침몰하는 배를 지나
　우랄산맥을 넘고 바다에서 솟는 북극의 빙하를 지나

—

세상의 소리를
한 호흡에 크게 빨아들여라

산목숨이 여기 있다!
죽은목숨 나오너라!
죽은목숨 여기 있다!
산목숨이 가져가라!

네 번 호령하고
징을 엎어 손바닥으로 두드려라
징 위에서 팥이 튄다

제3악장 조(爪), 인간 이외의 괴(怪)

터졌다
두꺼비 등, 등이 쩍 갈라진다 터진다 일났다 큰일났다 굼
실굼실 나온다
나온다 무엇이? 무엇이 막을 뚫고 부르르 떨며 나온다 얼
굴이, 얼굴이!

턱을 들어라 눈을 피하지 말라 네 안의 짐승에 사로잡혀
심장 뛰는 소리를

＿　　뼈와 불과 내장과 녹을 통과한 목소리를 들어라
　　피가 벼랑이 되어 선다 인왕산을 넘는다 기와를 덮치며 깨
부수며 다시 온다

　　부채를 펴라
　　공작의 깃을 높이 들어라
　　막아라 들어오지 못하게 펼쳐라 검정이 온다 밀어라 서라
팽팽 돈다 돌아간다
　　눈 돌아간다 정신 차려라 꼿꼿이 서라 잡고 당겨라 세워
라 일으켜 딛고 서라

　　거꾸러졌구나, 세상이
　　흰자위에 핏물이 찬다 거꾸로 세상을 본다 손톱이 뽑힌다
포개지는 얼굴, 엉킨 팔다리가 한몸이 되어
　　뜬다 발이 뜬다
　　들들들 턱이 갈린다 아스팔트에 기익, 직, 얼굴을 끌며
　　팔다리를 여러 개 달고 달린다 거꾸로 달린다 빠득빠득
이를 갈며
　　흩어졌다 모이고 모였다 일어선다 뼈를 맞추며 다시 선다

　　성곽을 부수고 내달려라 사대문 밖까지
　　숯을 삼키고 꼬리에 불붙은 짐승
　　내장을 찢어발기는 피의 차가운 분노로

＿

자극, 자그득 기와를 밟아라 이를 갈며 솟솟솟솟 기와를
깨부숴
　화려와, 화려와, 물속에서 불타는 세상이
　줄이 바로 서지 않으면
　신명이 시드니

　새 쟁반을 깨끗이 씻어
　해 뜨는 곳에 세워라
　지는 달을 보듯이 젖은 눈으로 새해를 보지 말라

　새 베개를 베고
　송(松)이나 학(鶴)을 수놓아
　어지러운 꿈을 찬물로 헹궈라

　콧구멍에서 칡넝쿨 기어나오고 발톱에 연근의 뿌리가 움
튼다
　짐승도 식물도 아닌 것
　쟁반 위에서 두근거리는
　흰 뇌에
　전류가 흐른다
　말 모르는 혼이 태어나 정수리에서 쏙 빠져나간다

제4악장 소지로 만든 종이 넋 전

떠났느냐, 물으니
도리도리 고개를 젓는다
한 바퀴만 핑글, 돌고 간단다

장삼을 입혀드릴게, 오색 고깔을 씌워드릴게
당신의 열 발가락에 가락지를 끼워드릴게

아니
아니
그런 것 말고
나는 이제 그림자 한 장도 무겁다
아버지는
깨끗하게 살다 간다

이제 다 왔다
꼭두가 아버지를 내려놓으라 한다
그제야 등에 붙어 있던
팔이 풀려난다
벌벌 턱이 떨리고
다리에 힘이 풀려 풀썩 주저앉는다

눈동자에 끼운 거울 한 장
일렁이다
툭 떨어지니
당신이 금간다 와장창 깨진다

꼭두야, 꼭두야
내 허리에 밧줄을 감아다오
강 건너 돌미륵을 밧줄로 감고
이승과 저승의 씨름을 한다

넋 받고 넋 건지고
넋 건지고 넋 받고
봉황의 비늘을 꽂은 관이 나오면
박을 세 번 쳐서 끝내라
완전히 끝내라

제5악장 천도상(像), 그림자에 홀려 마음에 맺히다

당신의 백골을 빻아 지방을 쓰겠어요
향 등 다 과 미 공양 오공양,
푸르고 붉은 과일 쌀밥 생화 목제기에 올리고

좋지 않나요, 아버지
더는 돈 벌지 않아도 되는 몸이
사랑스럽고
정 깊은 모든 것이 사라진다니
세상에 더이상 나를 팔지 않아도 된다는 것이

불을 마셔요
불타는 솔방울을 먹어요
세상의 공복과 환란을 다 덮고
눈앞에
뿌듯이 서서 오는 피
화염 속에 눈보라가 날려요
불 속의 눈송이
눈 속의 불송이
화르르 당신의 얼굴을 덮어요

제6악장 인정어린 요괴들의 평상 잔치

이 강에서 저쪽 산까지
붉은 실을 이어라
실을 타고 미륵들이 건너온다
미끄러지듯 실을 타고 내려온다

꼭두가 앞장서면
말뚝이 비비 도령 할미 파계승이 장구 치고
노장 큰 어미 목사 부네 노새 원숭이 나귀 도깨비
꽹과리 치고 나각을 불고 공중제비 돌며 나온다

삼베 천 필을 끊어 천막 치고 진설 차리자
겅중겅중 걸어오는 대추나무
어디가 뿌리고, 어디가 가지인가
인과가 뒤집힌 세상
솟대 끝에서 따오기가 푸드덕 날아가고
구 척 장승이 독립문을 빠져나와 빌딩 사이로 걸어오고

동창을 열어라 서창을 열어라
검게 그을린 거울을 닦아라
붉은 것은 수수, 노란 것은 기장, 푸른 것은 차조
그득그득 쌓아올리고
세 번 술 뿌리고 한 번 음복하고 열두 번 큰절
삼색나물 비벼 먹고 물 한 모금 마시고

노란 눈 올빼미는 황달 걸린 증조할아버지인가?
 각진 턱에 키 큰 이모들은 기린이 되어 담장 밖에서도 보
인다

목총 차고 허리춤에 손을 얹은 삼촌은 돼지가 되었다
진흙에 등 비비다 흙투성이로 달려오고
셔츠 입고 삐뚜름하게 갓 쓴 외할아버지는 염소
포승줄에 묶여 형무소로 끌려가는 옛사람들
새벽을 발로 깨치며 젖은 발로 온다
장닭과 붕어가 땅에서 날고
시렁 위에 숨어 살던 구렁이 똬리 풀며 하늘을 오른다

평상에 둘러앉아 오곡밥에 김 싸 먹고 부꾸미를 집어먹
는다
참외를 깨물고 복숭아씨를 뱉고 풋대추를 씹는다
고삐와 재갈을 풀고 꽃상여에 금줄을 치고 휴전선의 철
책 거두어
만지고 핥고 꼬리를 흔들며 배를 보인다 뒹군다

가위질 장단 맞춰 흥이 난다
배꼽에 철쭉 꽂고 매실처럼 웃어보자
신의 족보에서 벗어나자
비탈을 구르는 감자처럼 구르자 울퉁불퉁 굴러가자

징 잘 치는 삼촌이 앞장서고
능소화 꽃가지 비녀에 장식하고
어미 소와 재주넘는 족제비

놀란 까투리 팔팔팔 튀고
어머니와 이모들이 태평소를 불고
옛사람들 상모 돌리며 따라간다

죽은듯이 살았던 날도 노래하는 기쁨 있으니

폭탄이 터지는 곳에서 꽹과리를 쳐라
탱크에 포도 넝쿨을 감고 주단을 펼쳐 십만 평 노을에
깔고
하늘에 불을 놓는다 올라간다 마지막 불꽃
금방 태어난 실뱀처럼
수은 한 줄기
하늘로
올라간다

물이 온다
물이 서서 온다
모두가 물이 된다

---

* 붓다의 유언.
** 양혜규의 종이 콜라주 연작 중 〈흔들 콧노래 넋가위－황홀망(恍
惚網) #228〉(2024).

목단꽃이 지기 전에

목단꽃이 지기 전에
언니야, 꽃 보러 가자

여자들이 더이상
예쁘지 않아도 되는 나라에서

포탄에 목화솜을 박고
축포를 터뜨리자
국경 없는 해방의 나라로 가자

이 꽃은 근대와 현대를 넘는 꽃
이 꽃은 게릴라처럼 행진하는 꽃

목단꽃이 지기 전에
언니야, 꽃 보러 가자

꽃술 따서 입에 물고
꽃밥 비벼 먹고 하늘 보자
새날이 비치는 하늘을 우러르자

말을 모르는 너에게

장은영(문학평론가)

창백

백색 한지로 만든 넋은 망자의 영혼을 상징하는 무구(巫具)이다. 주로 천도굿과 같은 무속 제의에서 사용되는데, 사람의 형상을 본뜨거나 종이를 뭉쳐 만들기도 하고 길게 자른 종이에 망자의 이름을 써두기도 한다. 넋은 종이에 불과하나 육신을 잃은 망자의 혼이 깃드는 신체(神體)로 여겨진다. "넋 받고 넋 건지고/ 넋 건지고 넋 받"(「꼭두전」)는 제의가 벌어지는 동안 사별의 슬픔과 허무한 마음은 망자가 좋은 곳으로 가기를 바라는 간절한 발원으로 승화된다. 제의가 마무리되어갈 무렵 넋은 불살라진다. 붉은 불덩이로 타오르던 넋이 창백한 재가 되어 흩어지면 망자를 향한 극진한 인사도 비로소 마침표를 찍는다. 지금은 흔히 볼 수 없는 오래된 풍습이지만, 넋이 불타는 장면을 상상하자니 죽음을 대하는 옛사람들의 마음이 조금 엿보이는 것 같다. 이해의 범주 너머의 사건인 죽음을 생생하고 풍요로운 감각적 경험으로 의례화했던 까닭은, 이를 삶의 일부로 향유함으로써 잊지 않고자 했기 때문일 것이다.

이러한 옛사람들의 마음은 신미나의 시와 이어져 있다. 첫 시집부터 지금까지 사라지지 않고 발하는 '흰빛'을 떠올려본다. "눈 감으면" 선명히 떠오르는 "흰빛"(「눈 감으면 흰빛」, 『싱고,라고 불렀다』[1])은 자신이 살아 있음을 증명하는 동시에 죽음을 환기하는 심상이었다. 시인이 죽음에 대한 감각을 지속해온 이유는 삶의 바깥인 죽음이야말로 삶을 삶으로 인식하게 하는 조건이기 때문이다. 당연한 말이지만 죽음이 삶의 일부요 근본 조건이라면, 우리가 잊지 말아야 할 것은 죽음이 아궁이 속에 버려진 "은박지 조각"처럼 "불에 타지 않는 것"(「싱고」, 『싱고』)으로 우리 곁에 존재한다는 사실이다. 일상에 생긴 미세한 틈 사이로 "하루에도 몇번씩" "몰려"오는 "흰 것들"(「연두부」, 『당신은 나의 높이를 가지세요』[2])과 같은 죽음. 시인은 그것이 삶을 구성하는 근본 조건임을 말해왔다.

첫번째 시집과 두번째 시집에서 '싱고'와 '높이'라는 단어를 두고두고 들여다보게 했던 그가 이번에는 '창백'이라는 단어를 가지고 왔다. '흰빛'과 달리 '창백'은 빛이 소진된 상태를 일컫는다. 풍부하게 삶을 감싸던 죽음에 대한 감각이 소진되었음을 상징하는 '창백'. 1부의 제목인 '순수한 창백의 시대'란 죽음에 대한 감각이 퇴화한 시대, 다시 말해 죽음의 불가해성이 삶의 영역에서 박탈된 시대를 명명한다.

힘을 빼야 해 그래야 제대로 볼 수 있어
선배가 힘주어 말했습니다 술잔에 침이 튀었습니다

---

1) 창비, 2014. 이하 『싱고』.
2) 창비, 2021. 이하 『높이』.

(……)

부조 봉투를 가져와 뒷면에 글자를 적었습니다
—영원은 무한에 반복을 더한 수(數)
—발자국을 지우는 것은 물, 빛, 눈, 모두 한 글자

장례식장을 빠져나가는 운구차를 보았습니다
눈이 많이 와서 아무것도 안 보이네, 선배가 중얼거렸
습니다
—「눈소리 1」 부분

죽음이 삶의 근본 조건이라는 사실은 삶이 유한하고 일시
적이라는 단순한 진리를 일깨운다. 누구에게나 필연적이고
피할 수 없는 죽음의 보편성이 망각된다면 삶의 유한성도
쉽게 잊히기 마련이다. 삶과 죽음은 상보적 관계에 있다. 이
는 죽음의 불가해성이 삶의 일부를 구성하는 요소임을 말
해준다. "세어보면 안다고" 일러준 '선생'의 말처럼 인간은
삶의 세계를 정확하게 계산하고 선명하게 이해할 수 있다고
믿는다. 그러나 정말 그러한가? 화자가 셀 수 있는 것은 나
뭇잎의 개수뿐이다. '선생'의 말과 달리 '선배'는 "힘을 빼
야" "제대로 볼 수 있"다고 말해주었지만, 그 역시 삶의 세
계를 제대로 볼 수 없는 것은 마찬가지이다.

「눈소리 1」은 이렇듯 죽음의 불가해성이 삶의 영역에 이미 개입되어 있다는 결론에 이른다. 이 사실은, 셀 수 없고 볼 수 없는 영역인 죽음을 배제한 채 삶의 진실한 얼굴을 볼 수 있는지에 대한 질문으로 이어진다. 이 시는 말할 수 없는 것을 말하려고 시도하지 않는다. 다만 '눈소리'라는 익숙지 않은 단어를 불가해성에 대한 단서로 남겨두었을 뿐이다. 시에서 호명되지 않는 화자는 눈이 내리는 걸 보며 '눈소리'를 감지한다. 들을 수는 없지만 눈이 내리는 소리가 존재한다는 걸 믿는다. 호명되지 않는 화자의 존재가 사실이듯이 '눈소리'도 그러하다. '선생'이나 '선배'가 삶의 세계를 "제대로" 보고자 하는 시선의 주체이자 합리적 사고의 주체라면, 비가시적이고 불가해한 죽음을 삶과 맞붙은 경험으로 수용하는 화자는 감각의 주체이다.

신미나의 시를 읽을 때 우리는 망각하고 있던 감각에 맞닥뜨리게 된다. 타인의 죽음이 하나의 장면이나 이야기로 재현되는 시를 따라가다보면 죽음에 대한 감각적 경험에 이르는 것이다. "바위에서 뛰어내"린 소년이 "눈보라 한가운데"(「검은 바위 물밑에서」) 홀로 서 있는 것만 같은 삶에 저항하며 유리창 깨뜨리는 소리를, "알코올 솜으로 코와 입"이 "틀어막"힌 채 버려진 "어린 여자들"의 죽음 앞에서 느끼는 "손가락을 베"(「채석장의 손」)인 듯한 통각을, "코피처럼 후드득 떨어지던 목숨을" 기억하기 위해 "손바닥에 손톱자국을 내"(「귀로(歸路)」)는 악력을 상상하다보면, 시가 죽음에 대한 감각을 여는 입구임을 알게 된다.

옛사람들이 전생과 현생의 내통을 상상하며 죽음을 삶의 세계로 끌어들였다면 지금의 우리는 어떠한가. 개인으로서 겪는 근친의 죽음 외에도 사회의 구성원으로서 겪는 수많은 죽음이 수시로 벌어지는 장소가 바로 우리의 삶이다. 그런데도 죽음에 대한 감각은 밀봉되어 있고 우리는 여전히 죽음이 말하는 것에 귀 기울이지 않는다. '창백'은 죽음에 대한 감각과 함께 살아 있는 자들의 책무가 소진된 시대를 표상한다. 신미나가 현재를 '순수한 창백의 시대'라 일컬으며 죽음의 감각을 일깨우는 것은 죽음이 삶을 향해 요청하는 바를 듣기 위함이다. 선명하지 않은 '눈소리'에 귀를 기울이듯 감각을 열 때, 비로소 죽음이 삶을 향해 말하는 바를 들을 수 있지 않을까? 누군가는 죽음을 거듭 이야기하는 것이 미신처럼 무용하다며 돌아선다. 또 누군가는 애도마저 금기시하며 죽음을 은폐한다. 하지만 들리지 않는 소리에 온몸을 기울이는 이도 있다. "백 년 전에도 십 년 뒤에도" "다시 살아와 광화문 네거리"(「귀로(歸路)」)를 채우는 죽음의 웅성거림에 마음을 쓰는 사람이 있다. 신미나 시인은 웅성거림의 출처를 향해 힘껏 다가가는 사람이다. 베를 가르며 삶과 죽음 사이에 다리를 놓았던 샤먼처럼, 시인은 죽음이 소거된 세계와 언어를 가로지르는 중이다. 죽음을 감각하지 못하는 삶이 타자의 목소리를 지우는 시간이었음을 증언하면서, 말해지지 못한 것들을 귀환시키기 위해 삶과 죽음을 잇는 통로를 만드는 중이다.

떠나는 사람, 약속하는 사람

신미나에게 죽음은 언어의 무능을 경험하게 하는 사건이다. 시가 언어의 한계를 넘어설 수 있을지 질문해온 이유도 여기에 있다. 신미나는 언어와 대상의 관계를 의문에 부치며 언어가 대상을 규정하고 의미를 결정하는 방식에 이의를 표명해왔다. 의미화되지 않는 감각적 경험을 소거하는 언어에 반발하며, 대상을 규정하는 의미로부터 벗어나려 했던 그의 시도는 한마디로 언어의 요구에 불응하겠다는 선언이었다. 시인의 두번째 시집 『높이』에서 「지켜보는 사람」의 화자는 '레몬'이라는 이름에서 벗어나기 위해 눈을 감고 자신의 감각에 포착된 '레몬빛'을 "사실이라고 믿"기로 한다. 그러므로 '지켜보는 사람'은 인식의 선험적 조건인 언어를 거부하며 상징적 질서를 균열시키는 사람인 셈이다.

이번 시집에는 삶의 감각을 규율하는 언어의 세계에 결별을 선언하고 떠나는 사람의 불온한 뒷모습이 등장한다. 그는 '지켜보는 사람'이 취했던 거부의 포즈를 예각화하며 '떠나는 사람'이 되기로 한다.

마지막에는 이런 문장을 쓰고 싶었습니다

매화와 백자가 그려진 편지지
접시 위에 으깬 석류의 선명
흔하고 고운 것 보시고 안녕히 계세요, 선생님

(······)

핏자국을 따라가다보면
묘비도 없는 무덤가가 나옵니다
선생은 생활을 살라 하셨는데
농가의 불빛은 멀리서 빛나고
버려진 축사와
비닐하우스
눈 덮인 감자밭을 가로질러갑니다

자꾸만 뒤를 돌아보았습니다
두고 온 게 있는 사람처럼
불지르고 싶어하는 아이처럼

　　　　　　　　　　　　—「선생님 전 상서」 부분

　앞 시는 완곡하게 에두르지만 반박할 수도 타협할 수도
없는 신미나 특유의 어조로 자신을 훈육해온 모든 가르침
을 거부한다. 선생의 가르침을 거부하고 떠나는 화자의 발
화는 전복적인 알레고리로 읽힌다. 화자가 호명하는 '선생'

은 삶을 규율하는 장치이자 체제의 질서와 이념을 주입하는 랑그(langue)로서의 언어에 대한 상징이다. "꽃 피지 않는 모과나무의 속꽃을 보아야 한다"는 '선생'의 가르침은 첫 시집 『싱고』의 「안식일」에서 "보이지 않는 것을 믿"는 것이 믿음이라 설교하는 목사님의 말과 다르지 않다. 그 사실을 알아차린 화자는 헛된 믿음을 거부하며 '선생'을 향해 결별의 편지를 쓴다. 편지라는 형식은, '선생'이 가르친 말을 되돌려줌으로써("흔하고 고운 것 보시고 안녕히 계세요") '선생'의 말(logos)이 지닌 권위에 맞서는 저항의 방식이다. 편지를 쓰는 이유는 세계와 불화하지 않는 맹목적 사랑과 가상의 아름다움을 좇으라는 '선생'의 가르침과 달리, 화자가 목격한 것이 "얼음장 위에 떨어진 핏방울"이었기 때문이다. 삶을 증명하는 건 보이지 않는 신의 "눈부신 소매"가 아니라 죽음의 흔적을 알리는 "핏방울"이라는 걸 자신의 눈으로 본 화자는 싸움을 준비하는 사람처럼 "돌을 쥐고" '선생'이 가르치지 않은 세계를 향해 걸어나간다. "핏자국을 따라가"는 화자는 "묘비도 없는 무덤가"를 지나 "버려진 축사"와 같은 죽음의 흔적과 마주친다. 그리고 마침내 "멀리서 빛나"는 "농가의 불빛"이 희미한 삶의 흔적을 드러내기 시작한다. 그것은 "매화와 백자가 그려진" 정물화처럼 질서정연하거나 "접시 위에 으깬 석류의 선명"처럼 확실하게 드러나지 않지만 분명히 존재하는 삶의 세계이다. 그 앞에서 화자는 눈을 감을 수밖에 없다. 눈을 감고 자신의 망막에 맺힌 '레몬빛'을 느끼듯 거칠고 낯선 감각으로 다가오는 세계의 응시를 받아들일 수밖에 없다.

신미나의 시는 언어라는 '선생'을 의심하며 '선생'이 가르친 세계를 떠나는 결별을 실행하고 있다. 조용한 싸움처럼 보이지만, 사실 그것은 자신의 세계를 구성하는 언어를 모두 파괴하고 "언어의 안팎을 뒤집어 다시"(「비유로서의 광수 아버지」) 쓰는 파괴와 생성의 과정이다. 시인은 감각의 주체가 되기 위해 언어적 주체의 죽음이라는 통과의례를 스스로 선택한 것이다. 「어느 날, 죽음이」에서 짐작되듯이, 언어적 주체의 죽음이란 언어를 없애기 위해 찾아온 '해골'과 겨루며 "흩어지는 단어를" 붙잡다가도, 다시 "정돈되려는 말로부터" 도망치는 혼돈의 과정을 거치며 "실패한 비유"를 인정하고 마침내 "의미를 버리고 감각을 믿"음으로써 감각적 주체를 승인하겠다는 약속이다. 그 약속을 지키기 위해 시인은 매 순간 통과의례를 거친다. 그리고 스스로에게 묻는다. '선생'을 떠나는 자가 '선생'이 가르친 세계를 위협하는 불온한 자가 되었듯이, 감각을 믿기로 한 시가 언어적 질서를 파괴하는 "창이 되어"(「초과하는 시」) 꽂힐 수 있을지를 말이다.

시인은 언어에 대한 믿음이 균열되는 순간을 고백하는 두 편의 우화를 들려준다. 이 우화에는 '나'와 불화하는 '원숭이'가 등장한다. 언어를 모르는 원숭이가 언어를 지닌 인간을 비웃으며 인간이 믿는 언어의 아름다움과 견고함마저 의심하게 만든다.

　　꼬리를 물음표처럼 들고
　　새빨간 원숭이가 물었다 왜?
　　거만한 심판관처럼 턱을 들고 물었다 왜?

　　풀을 뽑듯 시시하게
　　원숭이가 가지런히 빗은 문장을 흩뜨려놓았다
　　단어를 쏙 뽑아냈다 수수깡처럼 부러뜨렸다

　　(……)

　　원숭이는 나를 잘못 이해했다고
　　몰랐다고 미안하다고 말했다
　　나는 깨끗한 손으로 마이크 앞에 다시 앉았다
　　허리를 세우고

　　다시 시집을 펼쳐 든다
　　순종하듯 낭독하면서
　　죽지 않을 만큼 원숭이의 따귀를 때리는 상상을 한다
　　붉은 것이 귀까지 몰려왔다
　　빨간 것을 뒤집어쓴 채 시를 읽었다
　　　　　　　—「정원과 붉은 원숭이 낭독회 1」 부분

보이지 않는 걸 어떻게 보여줄래?
원숭이가 물었습니다

실재로 의자에 앉은 것처럼
다리를 ㄱ자로 구부리고 등을 곧게 폈습니다

(……)

원숭이가 가버렸는데도
어딘가에서 원숭이가 지켜보는 것 같았습니다

어떤 믿음은
스스로 벌받는 기분이 들게 합니다
　　　　　　　　—「정원과 붉은 원숭이 낭독회 2」부분

　인간에게는 동물이 가질 수 없는 언어가 있고, 그 언어를
매개로 세계를 인식하는 주체가 된다고 우리는 믿는다. 그
렇지만 우리가 배운 언어가 애초부터 창조적 의미를 생산
하지 못하고 이미 주어진 세계의 밑그림을 채우는 퍼즐 조
각에 불과하다면, 언어를 통해 언어의 도구가 된 인간은 얼
마나 우스운 존재인가. 인간은 인간을 흉내내며 재주를 부
리는 원숭이를 비웃었지만 원숭이에게 정말 우스운 건 소

통할 수 없는 언어로 낭독회를 하는 인간들인지도 모른다.

「정원과 붉은 원숭이 낭독회 1」에서 원숭이는 "거만한 심판관처럼" '나'의 시에 "물음표"를 제기하며 "가지런히 빗은 문장을 흩뜨려놓"고 심지어 "단어를 쏙 뽑아"내 부러뜨리더니 "자음과 모음으로 저글링"까지 한다. '나'의 문장을 제멋대로 유희하는 원숭이에게 시인인 '나'는 분노를 느끼고, 시를 이해하지 못하는 걸 들킨 관객들도 수치심을 느끼며 낭독회는 끝난다. 화자와 관객들이 수치심을 느낀 이유는 원숭이의 무례함 때문일까, 아니면 서로 이해하지 못하는 문장을 두고 소통하는 척하는 낭독회의 기만을 원숭이에게 들켰기 때문일까? 문제는 자신이 말하고 싶은 모든 것을 언어가 이루어주리라 믿었던 '나'의 바람이지, 원숭이도 관객도 아닐 것이다.

「정원과 붉은 원숭이 낭독회 2」에서 원숭이는 언어에 대한 '나'의 믿음에 더욱 신랄한 의심을 제기한다. '나'는 의자가 있음을 증명하기 위해 '의자'라는 단어의 자음과 모음을 흉내내며 "의자라는 낱말"의 견고함을 피력한다. 그러나 원숭이는 언어가 의자의 존재를 증명할 수 없다고 반박한다. 그럴수록 '나'는 단어의 견고함을 증명하기 위해 "다리를 ㄱ자로 구부리고/ 다시 허리를 꼿꼿이 펴"며 스스로 언어가 되고자 하지만 끝내 원숭이를 설득하지 못한다. 그런데 원숭이가 떠나고 더이상 심판관처럼 지켜보지 않는데도 '나'는 "원숭이가 뱉은/ 사과 씨앗이/ 의심을 품고 붉게 두근거"

리는 것을 느낀다. 의자를 증명하는 일에 실패함으로써 싹튼 의심은 원숭이가 아니라 언어를 향하기 시작한 것이다. 감각을 중지시키고 과잉된 의미를 생산하는 언어가 실은 얼마나 허약한가를 생각하는 화자 앞에 "붉은 것이 자꾸만 튀어나"온다. 의미를 알 수 없는 그것은 "원숭이의 잇자국" 같기도 하지만 꼭 그렇다고 말할 수도 없다. 그것은 마치 언어의 상징성 너머에 있는 실재의 흔적인 것만 같다.

두 편의 시를 통해 시인은 언어에 대한 믿음이 유효하지 않다고 말하는 동시에 언어가 인간에게 부여했던 권위의 기만성을 폭로한다. 인간과 원숭이의 지위가 뒤바뀐 대목을 인간에 대한 풍자로 읽든, 반역으로 읽든 양자 모두 언어가 인간에게 권위를 부여한다는 공통적 전제에서 출발했음을 부인할 수는 없을 것이다. 언어의 무능이 드러나는 건 그것에 기댄 인간의 권위가 무너지는 일과 같다. 그런데 그보다 중요한 사실은 언어의 무능을 드러내고 언어적 주체를 균열시킨 장본인이 인간의 말을 모르는 동물이란 점이다. 그런 맥락에서 원숭이는, 대상에 대한 감각을 규율해왔을 뿐만 아니라 말하지 못하는 동물을 지배해온 언어적 주체의 폭력을 폭로하고 권위를 전복시키는 언어적 질서 바깥의 타자이다.

3부에는 원숭이 외에도 다양한 동물이 등장한다. 언어를 모르는 동물은 언어의 상징성 너머에 있는 존재이지만, 인간은 동물을 타자화하며 인간의 질서 안으로 편입시켜왔다.

한때는 신령스러운 존재이기도 했던 그들이 먹을 것, 입을 것, 탈 것으로 규정되면서 사육되고 살해되는 운명에 처하게 된 것이다. 「꼬리」에서 시인은 동물을 고기라 명명하면서 스스로 살해의 죄를 사하는 언어적 주체의 폭력을 되돌려주기로 한다. '신-인간-동물'이라는 위계적 질서를 방패 삼아 "신의 젖꼭지를 빨면서" 은총을 갈구하는 인간이 꼬리를 달고 태어나는 상상을 해본다. "먹을 수 있는 것과 없는 것으로 나뉜 세계"에서 '꼬리'는 "살점을 들어내고" "뼈만 남기고 죄다 발라내"도 괜찮다는, 먹어도 된다는 표식과 다름없다. 꼬리를 달고 태어난 '나'는 인간에게 살점을 먹힌 후에 말하는 인간으로 다시 태어난다. '나'는 비로소 인간의 언어가 타자에 대한 연민을 버려도 좋다는 표식이 아닐까를 생각하며 만약 그렇다면 인간이 저지른 참혹에 대해 "용기있게 진실을 말하고" 언어를 칼처럼 휘두르는 "친구를 잃"기로 결심한다.

철학자 자크 데리다는 지난 2세기 이래 인간이 동물의 삶을 예속시키려 저질러온 산업적·기계적·화학적·호르몬적·유전적 폭력이 얼마나 끔찍하고 참기 힘든 모습인지 우리는 이미 알고 있다고 지적한다. 한쪽에서는 참혹에 대한 증언을 들어달라고 호소하지만, 다른 쪽에서는 동물의 삶과 그에 대한 연민까지 침해하는 이 시대를 살아가는 우리가 '연민에 관한 전쟁'을 관통하는 중이라고 말한다. 그리고 동물이 쳐다보고 있는 한 우리는 이 전쟁을 사유해야 하는 책무를 지닌다고 조언한다.[3] 불평등에 관한 이 전쟁을 사유하라는 요청 앞에서 신미나는 언어적 주체임을 포기하겠다고 선언한다. "나는 왜 사람으로 태어나서/ 사람을 벗고 달리고 싶나/ 처음 보는 짐승이 되어 달리고 싶나"(「댐 옆의 붉은 다리를 건너자」)라고 동물이 되고자 하는 충동을 드러내면서 "사람의 마음을 벗"(「방죽 위」)기를 희망한다. 그러고는 말을 모르는 동물과 나란히 앉아 "사냥의 재미를 모르는 종으로/ 다시 태어나자고"(「돼지와 나」) 약속한다. 동물에게 인간의 말을 들려줄 수는 없겠지만, 이 약속에는 동물이라고 불리는 타자가 '나'와 마찬가지로 유한성과 연약함을 지닌 생명이며, 그것이 공통적 삶의 조건이라면, 그들도 연민의 대상이어야 한다는 절박함이 담겨 있다.

연민의 노래

다시 죽음의 문제로 돌아가보자. 죽음을 삶의 근본 조건으로 삼을 때 우리는 비로소 살아 있는 개체에 대한 보편적 연민을 가지게 된다. 신미나는 생명을 향한 연민을 설화적 상상력에 기대어 보여주기도 했는데, 이를테면 "제명과

---

3) 자크 데리다, 「동물, 그러니까 나인 동물」, 최성희·문성원 옮김, 『문화과학』 2013년 겨울호, 340~344쪽. .

맞바꿔 아기들을 살"(「마고 1」, 『높이』)러는 '마고'와 같은 고대의 신들은 가여운 인간이 "눈물을 흘리고 있을 때/ 흰 천을 배로 가르며" 현실에 틈입하여 "슬픔을 걷어가"(「탱화 3」, 『높이』)는 연민을 지닌 존재들이었다. 이들이 느끼는 연민이 타인의 고통에 공감하는 개인적 차원의 감정이었다면, 이번 시집에서 시인은 또다른 차원의 연민에 대해 이야기한다.

개인적 감정으로서의 연민은 나와 타자를 연결시키는 통로가 되고 삶의 윤리와 사회적 정의로 이어지며 공동체를 지탱하는 감정으로 확대된다. 시인이 '꼭두'를 지금, 여기로 데려온 까닭은 바로 이 때문이다. 고전 서사의 형식을 차용한 장시 「꼭두전」에 등장하는 '꼭두'[4]는 망자를 저승으로 안내하고 과보(果報)를 받게 함으로써 세상의 질서를 바로잡는 존재이다. 옛사람들이 지닌 '꼭두'에 대한 상상력은 신미나의 시를 통해 타자에 대한 연민이 공동체의 차원으로 확

---

4) '꼭두'는 본래 사람 모형을 한 인형을 일컫는 말이다. 고대의 종교적·주술적 쓰임에 기원을 두고 있으며 아이들의 장난감으로 사용되거나 꼭두각시 극의 소품으로 사용되기도 했다. 역사적 기록에 따르면 장사를 지낼 때 꼭두를 부장하기도 했다고 한다. 우리나라의 상여 장식에서 발견된 꼭두는 망자가 떠나는 길을 안내하고 호위하고 시중들며 망자를 지키는 역할을 하는 존재로 여겨졌는데, 사람의 모습 외에 용이나 봉황을 닮은 것도 있다. 김옥랑, 『한국의 나무꼭두』, 열화당, 1998, 10~15쪽 참조.

장되는 사회적인 윤리의 토대임을 보여준다.

　전통적 장례 의식에 무속적 상상력을 가미한 「꼭두전」은 삶과 죽음 모두를 위한 제의적 서사를 띠고 있다. 먼저 죽음에 대한 제의로서 이 시는 한 존재를 떠나보내는 일이 개인사를 넘어 문화적·역사적 맥락에서 이해되는 공동체 전체의 사건이라는 것을 말해준다. 망자를 달래 떠나보내는 사령제(死靈祭)이면서 살아 있는 자들의 복을 기원하는 생축제(生祝祭)라는 이중적 성격은 삶과 죽음이 서로 영향을 주고받는 상보적인 세계임을 의미하는데, 이번 생에 저지른 선악의 업이 다음 생의 행과 불행으로 이어진다는 삶과 죽음의 상보성은 「꼭두전」의 토대가 된다.

　6악장으로 구성된 「꼭두전」은 화자가 '꼭두'의 도움으로 죽은 아버지를 달래 무사히 저승에 데려다주고 돌아오는 여정을 그린다. 제1악장에서는 자신의 등에 단단히 업힌 아버지를 떠나보내지 못하고 힘겨워하는 화자 앞에 '꼭두'가 나타나 길을 인도한다. 제2악장에서 화자와 꼭두는 죽음을 떠도는 긴 여정을 거쳐 목적지에 다다르고, 제3악장에서는 '꼭두'의 호령으로 죽음의 화신이 괴이한 모습으로 등장한다. 제4악장에서 '꼭두'가 "이제 다 왔다"고 선언하자 아버지가 화자의 등에서 내려오고 화자는 무사히 아버지의 넋을 저승으로 보낸다. 제5악장에서 화자는 아버지에게 정성스러운 제사를 지내겠다고 약속하며 세상에 대한 정을 버리고 떠나시라 기도한다. 제6악장에서는 아버지를 온전히 저승으로 보낸 후 잔치가 벌어진다. 흥겹고 박진감 넘치는 "인정어린 요괴들의 평상 잔치"는 해학, 기이, 혼돈을 발산하며 말 그대로 모든 경계가 사라지는 순간을 탄생시킨다. 현실세계의 권위를 전복시키는 카니발레스크(Carnivalesque)로서 잔치 장면은 현대시에서 좀처럼 경험하기 어려운 해방감을 안겨주는 대목이다.

이 강에서 저쪽 산까지
붉은 실을 이어라
실을 타고 미륵들이 건너온다
미끄러지듯 실을 타고 내려온다

(……)

가위질 장단 맞춰 흥이 난다
배꼽에 철쭉 꽂고 매실처럼 웃어보자
신의 족보에서 벗어나자
비탈을 구르는 감자처럼 구르자 울퉁불퉁 굴러가자

징 잘 치는 삼촌이 앞장서고
능소화 꽃가지 비녀에 장식하고
어미 소와 재주넘는 족제비
놀란 까투리 팔팔팔 튀고

어머니와 이모들이 태평소를 불고
옛사람들 상모 돌리며 따라간다

죽은듯이 살았던 날도 노래하는 기쁨 있으니

폭탄이 터지는 곳에서 꽹과리를 쳐라
탱크에 포도 넝쿨을 감고 주단을 펼쳐 십만 평 노을에
깔고
하늘에 불을 놓는다 올라간다 마지막 불꽃
금방 태어난 실뱀처럼
수은 한 줄기
하늘로
올라간다

물이 온다
물이 서서 온다
모두가 물이 된다
—「꼭두전」 제6악장 부분

　내세(來世)에서 미륵들이 내려오고 가면극의 주인공들도
'꼭두'를 따라 나온다. 동물로 환생한 조상들과 생전의 모
습 그대로인 친족들 그리고 역사 속에서 사라져간 "옛사람
들"이 모두 모여 "평상"에 차려놓은 음식을 나누어 먹고 춤

을 추며 "기쁨"에 겨운 잔치에 동참한다. 무속과 불교를 아우르는 종교적 상상력에 역사적 상상력이 더해진 이 자리에 시인은 "평상 잔치"라는 이름을 붙였다. '평상'은 삶과 죽음만이 아니라 과거와 현재, 초월과 현실, 신성과 세속 등 각기 다른 층위의 존재들이 만나는 수평적이고 개방적인 장소이다. 그리고 '평상'이 상징하는 '꼭두'의 세계는 존재들 간의 위계와 권위가 해체된 이질적 존재들의 공동체이다.

이 공동체를 가능하게 하는 원리는 순환과 평등이다. '요괴'들이 "인과가 뒤집힌 세상"을 바로잡고자 하는 이유는, 쌓은 업에 따라 과보가 이어지지 않으면 온전히 죽음을 받아들이지 못한 망자가 전생으로 회귀하고자 하기 때문이다. 그러면 전생과 현세와 내세가 순환하지 못하게 된다. 그러므로 인과를 바로잡는 것은 한 개인에 대한 심판이기를 넘어서 삶과 죽음 두 세계의 정의를 세우는 과정이자 공동체의 정의를 실현하는 일이다. 인과를 바로잡을 때 "죽은듯이 살았던 날도 노래하는 기쁨 있으니" 인간이 뒤집어놓은 세상을 바로잡기 위해 '요괴'들이 우르르 몰려나와 잔치를 벌인다. 인간의 오만과 잔인함을 벌하기 위해 신이 내린 대홍수와 달리, 연민 많은 신들이 내려와 세상을 정화하는 씻김굿을 벌인다. 인간 아닌 것들을 살해해온 전쟁과 폭력의 시간을 씻어내기 위해 거대한 "물이 온다".

「꼭두전」에서 보았듯이 신미나의 시적 상상력은 한 개인의 삶과 죽음을 공동체적 지평으로 확장한다. 시인은 근친의 죽음이라는 개인적 경험마저도 우리가 속한 공동체의 역사적·문화적 맥락 속에서 기억되고 의미화되는 사건임을 시사하며 모두의 이야기로 재구성한다. 삶과 죽음을 대하는 옛사람들의 상상력에서「꼭두전」을 끌어내면서 더불어 개인적 감정인 연민에서 공동체의 윤리적 토대를 끌어낸 것은 당연한 귀결이다. 연민은 자기 자신으로 회귀되지 않고 끊임없이 타자를 향해 나아가는 감정이기 때문이다. 그러나 이 공동체의 윤리가 무엇인지는 말로써 쉽게 설명되지 못할 것이다. 삶의 바깥에 있는 망자(타자)가 귀환하듯 불쑥불쑥 나타나는 낯설고 기이한 얼굴을 끌어안으며 경계 없이 흘러가는 연민 그 이상의 마음을 무어라 부를 수 있겠는가. 신미나의 시처럼 그것을 끌어안는 수밖에.

낯선 얼굴을 끌어안으며, 말을 모르는 너에게 닿고자 하는 신미나의 시란 무엇인가를 생각한다. 그것은 이미 언어임을 넘어서고 있다. 어쩌면 그것은 삶과 죽음, 인간과 동물의 경계를 넘어 타자와 통정하게 만드는 언어로 된 무구가 아닐까.

신미나 2007년 경향신문 신춘문예를 통해 작품활동을 시작했다. 시집『싱고,라고 불렀다』『당신은 나의 높이를 가지세요』, 산문집『다시 살아주세요』, 시툰『詩누이』『서릿길을 셔벗셔벗』『청소년 마음 시툰: 안녕, 해태』(전 3권)가 있다.

문학동네시인선 221
백장미의 창백
ⓒ 신미나 2024

1판 1쇄 2024년 9월 27일
1판 2쇄 2024년 11월 4일

지은이 | 신미나
책임편집 | 방원경 편집 | 임고운
디자인 | 수류산방(樹流山房) 본문 디자인 | 최미영
저작권 | 박지영 형소진 최은진 오서영
마케팅 | 정민호 서지화 한민아 이민경 왕지경 정경주 김수인 김혜원 김하연
        김예진
브랜딩 | 함유지 함근아 박민재 김희숙 이송이 박다솔 조다현 배진성
제작 | 강신은 김동욱 이순호 제작처 | 영신사

펴낸곳 | (주)문학동네
펴낸이 | 김소영
출판등록 | 1993년 10월 22일 제2003-000045호
주소 | 10881 경기도 파주시 회동길 210
전자우편 | editor@munhak.com
대표전화 | 031) 955-8888 팩스 | 031) 955-8855
문의전화 | 031) 955-2696(마케팅), 031) 955-2653(편집)
문학동네카페 | http://cafe.naver.com/mhdn
인스타그램 | @munhakdongne 트위터 | @munhakdongne
북클럽문학동네 | http://bookclubmunhak.com

ISBN 979-11-416-0132-4 03810

문학동네